AF277300

Todos los libros de Linkgua Ediciones cuentan con modelos de Inteligencia Artificial entrenados por hispanistas. Pregúntale al chat de tu libro lo que desees acerca de la obra o su autor/a.

Para ebooks: Accede a nuestro modelo de IA a través de un enlace.

Para libros impresos: Escanea el código QR de la portada con tu dispositivo móvil.

Obtén análisis detallados de nuestros libros, resúmenes, respuestas a tus preguntas y accede a nuestras ediciones críticas generativas para una experiencia de lectura más enriquecedora.
La transparencia y el respeto hacia la autoría de las fuentes utilizadas son distintivos básicos de nuestro proyecto. Por ello, las respuestas ofrecen, mediante un sistema de citas, las fuentes con las que han sido elaboradas.

Joaquín Infante

Proyecto de Constitución
para la Isla de Cuba

Barcelona 2025
Linkgua-ediciones.com

Créditos

Título original: Proyecto de Constitución para la Isla de Cuba.

© 2025, Red ediciones S.L.

e-mail: info@linkgua.com

Diseño de la colección: Michel Mallard.

ISBN rústica ilustrada: 978-84-9953-094-9.
ISBN tapa dura: 978-84-1126-744-1.
ISBN ebook: 978-84-9953-964-5.

Sumario

Brevísima presentación

La vida

Joaquín Infante (Bayamo, enero de 1775-...). Cuba.

Infante estudió en Santo Domingo y allí se graduó de bachiller en 1796. Se doctoró en Cuba en Derecho, en 1799. Fue uno de los principales integrantes de la conspiración de 1810, dirigida por Román de la Luz y Juan Francisco Bassave, que unió a hacendados y negros y mulatos libres, como José Antonio Aponte, quien después encabezara la llamada Conspiración de Aponte.

Tras ser descubierto, Infante escapó a Estados Unidos. Luego vivió en Venezuela, donde se unió a la Primera República dea Francisco de Miranda. En 1812 publicó en Caracas este *Proyecto de Constitución para Cuba* de carácter independentista, primer texto conocido de su clase. La *Constitución* de Infante establece cuatro poderes en el Estado: legislativo, ejecutivo, judicial y militar; limita los derechos de la población no blanca y preserva la esclavitud. Entre mayo y junio de 1812, Infante fue auditor de Guerra y Marina en Puerto Cabello, a las órdenes del entonces coronel Simón Bolívar, y se le conoció por los realistas como el segundo Robespierre, por ser implacable. Capturado el 7 de julio de ese año cuando abandonaba Puerto Cabello en una embarcación, fue encarcelado y juzgado en la fortaleza de esa ciudad, y se le remitió prisionero a La Habana en octubre del año siguiente. Para entonces, las autoridades españolas de la Isla lo consideraron «El mayor revolucionario que puede pisar el territorio cubano».

Liberado se supone que por una amnistía, publicó en la prensa habanera sus experiencias en Venezuela. Al retorno del absolutismo en España fue perseguido por masón, por lo cual marchó a Cartagena de Indias, donde ejerció como abogado. Entre 1814 y 1815 fue miembro del Colegio Electoral de esa ciudad. Allí restableció de nuevo contacto con Bolívar y recorrió varias islas del Caribe.

En 1816 estuvo en Estados Unidos, donde contactó con los venezolanos Juan Germán Roscio, Mariano Montilla y José Rafael Revenga, activos luchadores contra el colonialismo español. Enrolado en la expedición de Francisco Javier Mina como auditor de Guerra, estuvo en Haití y desembarcó en México en abril de 1817. Hecho prisionero, fue encarcelado en San Juan de Ulúa, y luego guardó prisión en La Habana, en Cádiz y, por último, en Ceuta.

Salió de prisión tras la revolución de Rafael Riego, publicó un libro en el que abogaba por el reconocimiento de la independencia de Hispanoamérica por España, y, al parecer, entre 1822 y 1823 visitó Cuba.

Se desconocen la fecha y el lugar de su muerte.

Constitución

Proyecto de Constitución para la Isla de Cuba de Joaquín Infante

Introducción

Emancipada la América por la separación de la dinastía de Borbón del trono de España, y ocupación de éste por otra dinastía, respecto de la cual no hay vínculos que obliguen a la continuación de una sujeción, que además fue siempre opresiva, es consiguiente haber adquirido el poder de establecer la forma de Gobierno que ajuste mejor a su felicidad, y que una vez adquirido no puede cesar, aún cuando se repusiera el sistema anterior.[1] En tales circunstancias, la isla de Cuba tiene un derecho igual a los demás países de América para declarar su libertad e independencia, y elegir entre sus habitadores quienes la gobiernen en sabiduría y justicia, impidiendo a un mismo tiempo los males de la anarquía y del despotismo, que se hacen sentir hoy con más fuerza que nunca.

El amor a mi Patria me hizo trabajar el Proyecto de Constitución que sigue, y que creo el más acomodado a los intereses de tan precioso territorio; porque para promoverse su fomento, deben disminuirse sus cargas, y esto no podrá conseguirse sino por la simplicidad de la organización, y por la reducción de los funcionarios.[2] Para la perfección de esta grande obra me pareció preciso cortar de raíz las instituciones perjudiciales y abusivas introducidas por los

---

1   *In perpetuum enim sublata obligatio non potest.* L.98.ff. *de solutionibus, et liberationibus.*

2   Juan Santiago Rousseau ha demostrado, que cuanto más numerosos son los Magistrados, tanto más débil es el Gobierno. Contr. Soc. lib. 3. cap. 2.

Españoles durante su dominación; pues los medios lentos y paliativos no harían sino aliviar y prolongar las dolencias, y no las remediarían de una vez, conservándolas, y haciendo recaer siempre en su estado fatal, o quizá reagravándolo. Malogrado el conato que dio motivo a este Proyecto, a lo menos me lisonjeo haber procurado la regeneración de mi Patria, y espero todavía que pueda servirle, si la Providencia se digna facilitar una empresa la más conforme a sus altos designios, por más que los tiranos se opongan:

Título primero. Del Estado
El Estado de la Isla de Cuba se compondrá de los Poderes Legislativo, Ejecutivo, Judicial, y Militar,[3] que equilibrándose entre si constituyan una forma de Gobierno templada, por una proporción capaz de prevenir inconvenientes ruinosos.

Artículo primero

Título. II. Del Poder Legislativo
2. El Poder Legislativo se ejercerá por un Consejo de seis Diputados; a saber, uno por La Habana, otro por San Antonio, Santiago, y Bejucal, otro por Guanabacoa, Santa María del

3   Aunque los Políticos sujetan la fuerza armada al Poder Ejecutivo, me ha parecido conveniente hacer de ella un Poder distinto en una Isla, que pudiendo ser invadida por muchos puntos excéntricos en una pequeña latitud, y agitada en los de fortificación, concurrencia, o agricultura, es preciso dedicarse constantemente a su defensa exterior, y a su conservación interior, a que no podría estar siempre atento el Poder Ejecutivo por la grande extensión de sus atribuciones, y que los Jefes del Poder Militar tendrán exclusivamente por objeto el ejercicio de este importante ramo de la administración, al que deben darse todos los ensanches que exija la seguridad pública, y la perfección de que es capaz.

Rosario, Jaruco, y Matanzas, otro por los cuatro Lugares, otro por Puerto-Princípe, Bayamo y Guisa, y otro por Santiago de Cuba, Holguín y Baracoa, inclusas las jurisdicciones respectivas. Si después se erigieren en Villas y ciudades otras Poblaciones se agregarán a las expresadas, o podrá aumentarse el número de Diputados.

3. El nombramiento de los seis conviene se haga en La Habana provisionalmente por una reunión de hombres buenos y de juicio, que pueda facilitarse en el momento de una revolución, cuidándose no obstante en estas circunstancias de que recaiga en Americanos blancos, naturales o vecinos de los países referidos, si los hubiere capaces; y si no, en otros que siendo Americanos blancos y capaces, tengan su naturaleza, o vecindad en cualquier parte de la isla, de treinta años de edad, y que no se hallen incursos en delito grave.

4. Así los Americanos blancos naturales, o vecinos de la isla tendrán la voz pasiva en las elecciones, y ejercerán los otros Poderes.

Los No-americanos de todas clases, establecidos o naturalizados, tendrán juntamente, con los Americanos de todas clases, naturales o vecinos, la voz activa en las elecciones de su domicilio; y en él concurrirán los blancos a los empleos civiles, y ellos, y los de color libres a los militares de su respectiva clase.[4]

4 La Política dicta que en nuestros Estados se excluya de la Supremacía a los del otro Hemisferio, por la oposición de intereses, de sentimientos y aun de pasiones que necesariamente ha de asistirles respecto a nuestra emancipación, y sus consecuencias. La misma Política dicta la exclusión de la gente de color a la Supremacía, empleos civiles y militares de la clase blanca. Sin necesidad de otras razones, las desgracias acaecidas en Surinam, y en las costas de la Guayana holandesa, en las islas francesas de barlovento, en Santo Tomas y Curazao, en la Jamaica, en la Carolina, en la Georgia, y Nueva Orleans, y aun los movimientos con que ha sido amenazada la isla de Cuba, convencen

5. Establecido ya un nuevo orden de cosas, sea para la ratificación o renovación de los Diputados, o elección y renovación de Suplentes para los casos de muerte, ausencia o delito grave, la forma será la siguiente. Avisándose seis meses antes por el consejo constituido a los Jueces civiles que se hallen entonces en función, o a los que deban sustituirles en cada uno de los Lugares fuera de la jurisdicción de La Habana, convocarán a los ciudadanos de edad mayor, exentos de crímenes, y cuyas propiedades lleguen en La Habana a un valor igual al de cien mil pesos, en Trinidad, Puerto-Princípe, y Santiago de Cuba al de treinta mil, en Matanzas, Sta. Clara, y Bayamo al de veinte mil, en Guanabacoa, S. Juan de los Remedios, y Santo Espíritu al de diez y seis mil, y en los demás Lugares al de ocho mil.[5]

que no es de esperarse una combinación permanente entre los blancos y la gente de color, mucho menos para dividirse el Gobierno sin disturbios.
Fuera de que, no habiendo acepción de personas en la distribución de la justicia; siendo ademas defensores de la Patria unos y otros, y teniendo el derecho de sufragio activo, honores que los Romanos economizaron tanto, gozan proporcionalmente de las ventajas de Ciudadanos a menos costa; no siendo los empleos públicos en los Estados bien gobernados, sino una carga. Al fin todas las especies de Gobierno son susceptibles de más o menos, y tienen también mucha latitud, pudiendo ocupar todo un pueblo, o limitarse a la mitad, o de la mitad hasta el más pequeño número indeterminadamente.
Rousseau, Contr. Soc. lib. 3, cap. 3.

5   Los propietarios son sin duda el apoyo de un Estado, los que se interesan preferentemente por su felicidad, y por tanto los más distantes en engaño y corrupción en la elección de Mandatarios.
En Atenas tenían derecho de sufragio activo por clases los ciudadanos, cuya herencia producía desde quinientas medidas de trigo, o aceite hasta menos de doscientas. En Roma lo tenían gradualmente, y también por clases, aquellos que poseían de cien mil ases abajo. Según las Constituciones francesas de 1791, y del año 3 de la República, era necesario para elector en las ciudades de más de seis mil al-

En la convocatoria se señalará un término breve, y los que se juntaren el día prefijado darán su sufragio a dos sujetos, los que crean más a propósito para Diputado, y Suplente, de las cualidades que expresa el artículo 9.

Se hará un escrutinio, y los que resulten tener más número de sufragios serán candidatos. En caso de singularidad se repetirán los sufragios, y en caso de igualdad decidirá la suerte.

Los Jueces civiles darán cuenta inmediatamente al Consejo constituido de los candidatos que hayan resultado. El Consejo entonces por un nuevo escrutinio sacará de entre los candidatos nombrados por cada lugar elector un Diputado para los que corresponda, según el orden establecido en el artículo 2, y un Suplente para los casos señalados ya.

Si alguno de los Consejeros existentes fuere candidato no tendrá voz en el segundo escrutinio. Lo mismo se entenderá de los Suplentes, si se hallaren en función.

Respecto de La Habana, como por la preponderancia de su población no esté unida a otro lugar, hecha la convocatoria en su jurisdicción de orden del Consejo constituido, bastará un solo escrutinio por los Jueces civiles para la elección, que será también por mayoría de sufragios, repetidos hasta que la haya, y por suerte en caso de igualdad.

Si renunciaren los electos se procederá a nueva elección hasta que se verifique la aceptación, que en los Lugares deberá indagarse de cada candidato, por si fuere electo, antes de darse cuenta, a fin de que no haya demoras.

Los Jueces civiles, por quienes se practique la convocatoria, recepción, único escrutinio respecto de La Habana, y

mas ser propietarios, usufructuarios, o lacatarios de un equivalente al valor local de doscientos jornales, y en las ciudades de menos de seis mil almas de un equivalente al valor local de ciento y cincuenta.

primero respecto de los demás Lugares, decidirán instructivamente, y sin grado, cualquier dificultad que ocurra en estos actos.

Los Diputados electos comparecerán sin perdida de tiempo a prestar juramento, y entrar desde entonces en el ejercicio de sus funciones, con cesación de los que fueren reemplazados. Lo mismo practicarán los Suplentes en su caso.

Los primeros Consejeros nombrados según el artículo 3, prestarán juramento sobre los Evangelios ante el Obispo o Clero, y los entrantes en manos de los salientes, así como los Ministros, Jueces Supremos, Estado Militar, y demás Empleados. Lo mismo se observará en las Villas y Ciudades respecto de los que se nombren estando en ellas. La fórmula será esta: "juro guardar la constitución, y las leyes, desempeñar, según ellas, el empleo que se me confía, y cooperar, cuanto sea posible, al bien y prosperidad de la isla de Cuba, con preferencia a mi interés privado".

6. Al Consejo pertenece el nombramiento de los que deben ejercer los Poderes Ejecutivo, Judicial y Militar de ejército, y Marina, de los individuos de Rentas, y demás Empleados: pertenece la creación de leyes civiles, y penales, su modificación, aumento, abolición, e interpretación, según las circunstancias: pertenece el examen, conservación o anulación de todo acto inconstitucional, arreglo del Culto, nueva imposición de derechos, o disminución de los impuestos, concesión de naturalizaciones, recompensas y privilegios; pertenece el batir moneda, o establecer papel-moneda, declarar la guerra, mantener, o expedir ejércitos, y armadas, despachar patentes de corso, ordenar represalias, hacer tratados de paz, alianza, amistad, neutralidad, y comercio con las otras Potencias, aprobar o desaprobar.

Optar medidas sobre todos los ramos públicos, residenciar, y juzgar a sus miembros, a los Ministros, Jueces Supremos, Estado Militar de Ejército y Marina, Obispo, y Vicario general, perdonar, excepto en las acusaciones de traición,[6] y ejercer cuanto pertenezca al Soberano, conforme a la Constitución y Leyes que estén en observancia.

Título. III. Del Poder Ejecutivo

7. El Poder Ejecutivo se ejercerá por un Ministerio de tres, a saber, un Ministro de Guerra y de Marina, un Ministro de Rentas, y un Ministro de lo interior.

8. A cada uno de los Ministros toca en la extensión de sus atribuciones cumplir cuanto le comunique el Consejo, promulgar sus deliberaciones en los cuatro días siguientes a la emisión, despachar en su nombre, y presenta que conciba útiles: también les toca reclamar a aquellas prevenciones del Consejo que puedan atraer inconvenientes de gravedad; pero si se ratificaren después de un examen, o discusión, que le es permitido sostener, están obligados al cumplimiento: y toca, en fin, a ellos cuanto concierne al Príncipe.

9. El Ministro de Guerra y de Marina, junto con el Estado Mayor Militar, y Comandante de Marina, formará reglamentos para el mejor gobierno de uno y otro ramo, y los pasará al Consejo para su adopción, o repulsa. Recibirá Embajadores, y Cónsules, expedirá los que nombre el mismo Consejo, y firmará los tratados con las otras Potencias. Por su conducto prevendrá el Consejo lo que convenga a los Jefes del Estado Mayor, y Marina.

---

6 La Constitución de los Estados-Unidos de Norteamérica da esta facultad al Presidente; siendo así que es privativa de la Soberanía del Pueblo, representada por el Poder Legislativo.

10. El Ministro de Rentas, de acuerdo con el Colector, Tesorero y Administrador principales, formará también reglamentos para el buen manejo de las Rentas, y los pasará al Consejo para su adopción, o repulsa, se entenderá con los Empleados en este ramo, y les comunicará las órdenes del mismo Consejo.

11. El Ministro de lo interior propondrá al Consejo cuantas medidas contribuyan al fomento y prosperidad de la isla, tales como abertura y composición de caminos, construcción de canales, puentes y acueductos, establecimiento de poblaciones en los puntos convenientes, demolición, o traslación de las establecidas, extensión de la agricultura, comercio, industria, ciencias, y artes, reglas para el aseo, orden, seguridad, y salubridad públicas, &c., se entenderá con el Clero, y Juzgado de Policía en lo dispositivo, y económico; y por su conducto se dirigirán los recursos extraordinarios al Consejo.

Título. IV. Del Poder Judicial

12. El Poder Judicial se ejercerá por un Tribunal de seis Jueces, quienes oirán apelaciones en lo civil, y conocerán de todos los juicios en que se reclame la violación de las formas, o la contravención expresa de la Ley.[7] Las decisiones quedarán ejecutoriadas no interponiéndose apelación, o demanda en casación del término legal, o concluyéndose una, u otra.

13. Habrá en La Habana un Juez de Policía, que cuide del orden, salud, aseo, y sosiego públicos, y otro de Paz ante quien deban acudir las partes con preferencia en los negocios civiles de gravedad a fin de procurarse su conciliación por transacción, o arbitramento, y en los de poca importancia

---

7   Conviene en parte con la Constitución francesa del año 8, y las anteriores después de la revolución de Francia.

para su decisión. Las providencias correccionales del Juez de Policía en materia grave serán apelables ante el Tribunal Supremo; y sin una certificación de inconciliación del Juez de Paz no podrá admitirse un juicio civil considerable.

14. Habrá en La Habana dos Jueces civiles que conocerán en primer grado de las causas civiles de todos los ciudadanos, y dos criminales para instruir los hechos delincuentes que ocurran, aprehender los reos, secuestrar sus bienes en los casos del artículo 98, y formar las listas para el sorteo del *jury*.[8]

15. Extra-muros, y en las demás Villas y Ciudades bastará un Juez civil con funciones de Juez de Paz, y un Juez criminal con funciones de Juez de Policía.

16. En los Partidos, y Poblaciones pequeñas habrá jueces rurales que cuidarán de promover la agricultura, aderezar los caminos y situaciones, evitar desordenes, vigilando sobre la conducta de padres, hijos, esclavos, y demás que residan en los campos, o caserías, e instruir las ocurrencias criminales, aprehendiendo a los reos, secuestrando sus bienes en los casos del artículo 98, y remitiéndolos con el proceso al Juez criminal de la Jurisdicción.

17. El número de Abogados se fijará a treinta en La Habana, a nueve Extra-muros, a doce en Puerto-Príncipe, a diez en Bayamo, y Santiago de Cuba, y a cuatro o seis en los demás Lugares. De su seno se elegirán los Jueces Supremos e inferiores, aumentándose el número si fuere menester. Les sustituirán en todos los casos de interinidad, e inhibición por mayoría de edad, y su examen y recepción pertenecerá a los mismos Jueces Supremos.

---

8   Esta admirable institución del *jury*, como la llama el Ciudadano Perreau en sus *Elementos de Legislación natural*, se halla en uso en Inglaterra, en Francia, y en los Estados-Unidos de Norteamérica.

18. En los Lugares mayores de la isla habrá dos Notarios públicos, uno para guardar los procesos concluidos, y despachar los extractos, copias, o certificaciones que ordenen los Jueces, y otro para registrar los instrumentos, cuya extensión será breve y precisa. En los Lugares menores bastará uno que reúna ambos encargos.

Título. V. Del Poder Militar

19. El Poder Militar de Ejército se confiará a un Estado mayor compuesto de un General en Jefe, un Mariscal de Campo, y dos Brigadieres.

20. El Estado mayor cuidará de levantar batallones o regimientos, según el número de la población, desde la edad de quince años hasta la de cincuenta y cinco, en todas las clases de blancos, pardos, y morenos libres, sin otra excepción que un carácter público actual o anterior de Supremacía, y ocupación en el ministerio de la Iglesia, eligiéndose los que tuvieren caballos para la caballería, y los demás para la infantería, con distribución proporcional de artilleros, minadores, ingenieros, granaderos, fusileros, &c.

21. La instrucción en los ramos científicos dependerá del establecimiento de escuelas militares en La Habana, y Santiago de Cuba bajo la conducta de facultativos, con sueldo y grado de Coroneles. Otros facultativos con el mismo grado y sueldo serán directores, y celadores de las obras públicas, y de fortificación o ataque.

22. Los cuerpos de milicias serán disciplinados según la táctica moderna. Se buscarán buenos maestros, y se pagarán por el Tesoro público. Se procurará colocar en cada compañía, o cuerpo a los individuos de un mismo Partido o Población, y se señalarán tiempos por gradación, y con intervalos para el aprendizaje, y ejercicios, todo a fin de no perjudicarse

a la agricultura, comercio, y artes. Las divisiones, y compañías se reducirán a un número menor, y se aumentará el de los Oficiales, y Jefes para facilitarse el adelanto y perfección. Los Oficiales responderán de las Compañías, los Coroneles, y Comandantes responderán de las divisiones o Cuerpos, y el Estado mayor nombrará cada seis meses sujetos de su confianza para revistar las Tropas en La Habana, Extramuros, Castillos, y demás Lugares.

23. Los Coroneles de los Cuerpos blancos, Comandantes de pardos, y morenos, y Oficiales de unos y otros serán nombrados por el Consejo, quien escogerá para estos empleos personas pudientes, a propósito, y de concepto. Los Subinspectores, Ayudantes, y Garzones blancos de los cuerpos de color quedarán suprimidos, y se sujetarán inmediatamente, como los de blancos al Estado mayor.

24. El Estado mayor organizará una guardia cívica de la clase blanca para La Habana, Castillos y Poblaciones de la isla. Esta guardia será pagada perpetuamente por el Tesoro público; pero las milicias no tendrán sueldo alguno sino en caso de invasión o ataque, que serán empleadas en el número suficiente. El mecanismo, disciplina, y reunión en los casos urgentes, con cuanto más concierna al ramo de guerra, se dispondrá en el reglamento a que se refiere el artículo 3.

25. En La Habana, Extramuros, Castillos, y Lugares de la isla habrá un Comandante militar para la guardia cívica, cuyo número será proporcionando a población, y a la posición local. El carácter de los Comandantes será el de Coronel en La Habana, Morro, Cabaña, Puerto-Príncipe, Bayamo, y Santiago de Cuba; el de Teniente Coronel en el Morro del mismo Santiago de Cuba, Trinidad, Guanabacoa, Matanzas, Castillo del Príncipe, y Extramuros; y el de Capitán en las

demás Villas, Fortalezas, y Ciudades. El sueldo corresponderá a las graduaciones.

26. En todos los Lugares de la isla estará a disposición de los Jueces de Policía un destacamento de la guardia cívica para la seguridad, y orden público, quienes lo distribuirán, y emplearán, como crean más conveniente, y otro a la de los Ministros, Jueces Supremos, inferiores, y demás Empleados, a fin de auxiliar sus deliberaciones y providencias.

27. No conviniendo por ahora otra Marina que la mercantil, se permitirá la construcción de bajeles en los puntos a propósito, sin perjuicio no obstante de la cultura, cría de ganados, y maderas de tinte, y obras. Pero deberá también establecerse una pequeña Marina de guerra para el resguardo de las costas, seguridad de los puertos, correos y celo del contrabando. Bastará, pues, en La Habana un Comandante de Marina con sueldo, y grado de Capitán de Navío, dos bergantines, y cuatro goletas de guerra, ocho lanchas cañoneras, y el número preciso de Oficiales, y gente de mar; y un Comisario en Santiago de Cuba con grado, y sueldo de Capitán de Fragata, dos goletas de guerra y cuatro lanchas cañoneras. También habrá lanchas cañoneras mandadas por Oficiales en Batabanó, Trinidad, Santa-Cruz, Manzanillo, Baracoa, Gibara, Nuevitas, Matanzas, y Mariel. Los demás buques, y pertrechos que haya en la isla podrán venderse a beneficio del Erario, o aprovecharse en otros usos.

28. El mando de un Ejército, Armada, u otra comisión importante de esta clase se confiará temporalmente a quien fuere suficiente para el desempeño, como no se infiera daño a la Patria.

Título. VI. De la administración de Rentas

29. Para el manejo, y arreglo de las Rentas públicas habrá en La Habana un Colector principal, que exigirá y recaudará los derechos, contribuciones, y adquisiciones, un Tesoro principal en quien se depositen, y un Administrador principal, que ordenará los pagamentos, e inversiones, Extra-muros, en Villa-Clara, Matanzas, Trinidad, Puerto-Príncipe, Bayamo, y Santiago de Cuba habrá dos, a saber, un Colector-Tesorero particular, y un Administrador particular: en las demás Villas, y Ciudades uno. Estos rendirán cuenta cada seis meses al Colector, Tesorero, y Administrador principales, y estos por sí, y por aquellos al Ministro de Rentas, según el reglamento que se dispone en el artículo 10.

30. Los derechos consistirán en cuatro reales anuales por cada esclavo de campo, en veinte pesos también anuales multiplicados por cada esclavo de la población que exceda el número de cuatro de servicios, o jornal, y en los mismos veinte pesos anuales multiplicados por cada volante que exceda el número de dos, a fin de evitarse los perjuicios que atraen, la multitud de esclavos separados de la agricultura, que es el objeto por que se introducen en América, y la abundancia de carruajes, que embarazan en los puntos de concurrencia, y descomponen el piso. Se cobrará el 15 % de importación de los artículos que no fueren de necesidad, y el 5 % de los frutos que se exporten.

Se exigirán anualmente cincuenta pesos en La Habana, y veinte y cinco en los demás Lugares a cada cosa pública de juego, y veinte y cuatro pesos en La Habana, y doce en los demás Lugares a cada tienda de las artes de superfluidad, y de luxo, como son las de sastres, peluqueros, perfumadores, barberos, plateros, joyeros, relojeros, modistas &c.

Podrá también imponerse algún derecho sobre las mismas cosas muebles o inmuebles de superfluidad y de lujo, o sobre su uso. Se establecerán tres clases de papel sellado para cada bienio, el primero de a doce reales para los testimonios, copias, o extractos de actuaciones, e instrumentos; el segundo de a cuatro reales para los registros, y negocios civiles; y el tercero de a dos reales para las causas criminales. Cuando haya fondos suficientes se comprará y hará labrar tabaco por cuenta del Erario, pagándose a lo corriente la hoja y operarios, y manteniéndose las máquinas y edificios necesarios, sin más costos ni aparatos, que los que haría un particular, a fin de sacarse las ventajas posibles. Lo mismo podrá practicarse en igual caso respecto de otros ramos de industria.

A los regatones se cobrará el 3 % en las recompras mayores para menudear al público, y el mismo derecho se impondrá sobre los terrenos vacantes al redimir por la mitad del valor principal; pero no se recaudará hasta que no estén cultivados, y en producción. Se aplicará al tesoro público una parte del producto de bienes amortizados que se consoliden, y las multas, confiscaciones, adjudicaciones, y ocupaciones.

En los casos urgentes se recurrirá a capitaciones, empréstitos, o nuevas imposiciones.

31. Para el cobro de derechos se exigirán por los individuos de Rentas relaciones, y manifestaciones juradas de los propietarios, cargadores, introductores, vendedores, compradores, consignatarios, &c.

Los mismos individuos de Rentas acumulativas harán pesquisas, y emplearán todas las medidas que conduzcan al esclarecimiento en cualquier caso, castigado a los defraudadores, y cómplices con la pena del cuádruplo, a más de la aflictiva según las circunstancias. Los procedimientos se instruirán bajo la dirección de Asesor, con arreglo a los principios judiciales que en general designa la Constitución.

32. Se prohibirá la exportación de numerario, obligándose, para evitar toda clandestinidad, a los introductores de mercancías a convertir en frutos del pais todo el producto.[9] El celo en esta materia estará a cargo de los individuos de Rentas, y de Marina, quienes tomarán cuantas providencias convengan a la exactitud, y las aprehensiones serán confiscadas, sin perjuicio de mayor coerción, en el orden que indica el artículo precedente.

33. Consecuente a lo dispuesto en el artículo 30 quedarán abolidos los diezmos,[10] estancos, alcabalas, y demás gravámenes del anterior Gobierno.

34. Los deudores al anterior Fisco quedarán solventes dando la cuarta parte al Fisco actual. Este cubrirá las responsabilidades de aquel que procedan de ocupación de propiedades o bienes no indemnizados, no otras.

Título. VII. De la Religión

35. La Religión Católica será dominante; pero se tolerarán las demás, por el fomento, y prosperidad que proporciona a la isla la concurrencia de hombres de todos países, y opiniones. Siendo dominante forma, desde luego, una de las ramas del Estado, y se sujeta a la Constitución.

Ademas, para evitar cargas superfluas al Tesoro público, y a los Ciudadanos, y a fin también de restituir la Religión

9 Igual medida adoptó la Inglaterra en tiempo de Enrique VII.
10 Santo Tomas enseña que la obligación a contribuir para la subsistencia del Culto, y sus Ministros es de derecho natural y divino; pero que la cuota proviene de instituciones eclesiásticas; de manera que, aunque se exija la décima parte de las producciones, atendidas las circunstancias de los tiempos, y de las personas, puede sustituirse otra porción. 2.2, q. 97. Art. 1.

a la sublimidad, y sencillez con que la distinguió su Divino Autor, hay necesidad imperiosa de corregir los abusos, e innovaciones añadidos a la disciplina y culto exterior, sin tocar a la moral, ni al dogma.[11]

36. Con tal objeto deberá subsistir un solo Obispado para toda la Isla, y suprimirse el Arzobispado, Catedrales, Religiones de ambos sexos, Ordenes terceras, Hermandades, Cofradías, Qüestas, &c.[12]

11 Dentro de la Iglesia, y de un Reino Católico reside la potestad suprema independiente de los Príncipes para resistir el uso de la disciplina, cuando perjudica verdaderamente al Estado; pero en el Imperio temporal no hay poder independiente que resista a las leyes del Soberano. Dictamen del Colegio de Abogados de Madrid sobre las tesis de Valladolid, inserto en la Real Provisión de 6 de Setiembre de 1770.

12 Con conocimiento de la Silla Apostólica, se han hecho iguales reformas en Alemania, Italia, Francia, y últimamente en España. A este intento merece transcribirse la respuesta del Príncipe de Kaunitz, de 19 de Diciembre de 1781 al primero, y segundo punto de la representación del Nuncio de S.S. en Viena, del 12 anterior, según la inserta el licenciado Covarrubias en el Apéndice a sus *Máximas sobre Recursos de Fuerza, y Protección.*

"Que la reforma de ciertos abusos introducidos sucesivamente en objetos de disciplina Eclesiástica, lejos de causar perjuicio a la Religión, debe precisamente serla muy útil, respecto a que ninguno de estos abusos existía en la doctrina que el mismo Jesucristo enseñó a sus Apóstoles, ni tampoco le había cuando fue adoptada, y acogida con celo, y fervor, a causa de la pureza de sus máximas, y excelencia de su moral, por los príncipes, y por la mayor parte de las Naciones civilizadas; pues a no haber tenido este carácter, no hubiera sido tan universalmente recibida, ni jamas la hubiera admitido ningún príncipe, si una sola de sus máximas hubiera podido considerarse como equívoca, o contraria a la autoridad Soberana, o poco conforme a un buen Gobierno. Que la reforma de los abusos, que no miran a materias dogmáticas, y puramente espirituales, no puede depender del Sumo Pontífice, quien, a excepción de estos dos objetos, no tiene derecho de ejercer ningún acto de autoridad en el Estado. Que una tal reforma no puede por consiguiente pertenecer sino al mismo Soberano, que es el que únicamente tiene derecho, y potestad para disponer sobre este asunto. Que en esta categoría se puede comprender, sin excepción, todo lo concerniente a la disciplina externa del Clero, y principalmente a la de las Ordenes Religiosas, cuya existencia influye tan poco en la de la Iglesia, que puede esta subsistir tan plenamente sin ellas, y que, aun después de haberlas suprimido, subsistiría tan entera como lo estuvo antiguamente por espacios de tantos siglos antes que fuesen admitidas en más o menos número en los Estados de los Príncipes Católicos. Que no debiendo, como es notorio, su existencia en los Estados en que se hallan actualmente establecidas las Ordenes Religiosas, sino al libre, y voluntario consentimiento de los Soberanos, se deduce, que todo lo dispuesto hasta aquí por S.M. respecto de ellas, lo ha sido no solo en virtud de su derecho, y potestad, fundada en esta verdad inalterable, sino también en virtud de haberse creído obligado a hacerlo por precisarle a ello su potestad suprema, y particular en todo lo que no pertenece directamente al dogma, y a las cosa puramente espirituales: de donde se sigue también, que no debe dar cuenta, ni satisfacción a nadie en esta parte, y que el perjuicio que se supone debe resultar a la Religión, y a la Iglesia de estas disposiciones, no es en realidad más que pura imaginación. Que estando S.M. por la natural equidad que le anima, muy distante de emprender cosa alguna, que pueda perjudicar a los derechos de otro, ni aun le ha pasado por el pensamiento suprimir ninguno de los institutos Religiosos solemnemente aprobados por la Santa Sede; y este modo de pensar de S.M., que es muy notorio, debiera por lo menos haberle eximido de la sospecha de semejante designio; para lo cual hubiera bastado reflexionar que S.M. mira, y debe mirar con indiferencia, que exista, o deje de existir en los Estados de otros Príncipes este, o aquel instituto de las casas Religiosas. Que tuviese por conveniente suprimir en los suyos: pero así como S.M. no pretende ni pretenderá jamas arrogarse el ejercicio de la jurisdicción, legítimamente fundada del Papa, o de la Iglesia Universal en materia de dogma, y en cosas puramente espirituales; tampoco permitirá que ninguna potestad extraña quiera influir en las determinaciones, que son, o fueron incontestablemente del resorte de la suprema potestad privativa de su Soberanía, la cual comprende sin excepción, todo lo que en la Iglesia no es propiamente de derecho divino, sino de institución humana, y lo que no ha sido establecido, o no ha podido serlo, sino por concesión expresa o tacita de la suprema potestad: todas las cuales concesiones de este genero pueden, y deben ser modificadas, o abolidas por la legislación, a semejanza de cualquiera otra ley,

37. En La Habana habrá tres Templos, uno para cada clase, separado los sexos respectivos,[13] con ocho Curas, y dos Acólitos cada uno. Extra-muros se pondrán seis Curas, tres Acólitos, y un Vicario foráneo: en los Partidos mayores, dos Curas, y un Acólito, y en los menores un Cura, y un Acólito. En Puerto-Príncipe, Bayamo y Santiago de Cuba habrá dos Iglesias, una para los blancos, y otra para la gente de color, con cinco Curas y dos Acólitos cada una, y un Vicario foráneo. En los demás Lugares bastará un solo Templo con distinción de clases, y sexos, dos, o cuatro Curas, un Acólito, y un Vicario foráneo. Los Templos serán inmunes en los casos, y según el modo que la ley determine.

38. Los Eclesiásticos que quedaren sin ejercicio del ministerio Sacerdotal tomarán un destino honesto, con cuyo fin se dará a los poseedores actuales de Capellanías la cuarta parte de los principales, quedando la otra cuarta a beneficio del Fisco, y perdonándose la mitad a los inquilinos para facilitar las redenciones. A los Religiosos profesos se dará un capital del producto de la venta de bienes de los conventos, sin excluirse a los Mendicantes que carezcan de propiedad en común. A las Monjas se devolverán sus dotes; y a las que no los tuvieren se dará un capital del producto de la venta de bienes de los Monasterios; retirándose a casa de sus padres, parientes, o personas de buena fama en él mismo traje que las demás Ciudadanas.[14]

---

y concesión, siempre que las razones de Estado, los abusos, o las circunstancias m lo requieran".

13 Esto lejos de ser odioso, como no lo es en los Cuerpos Militares, y en cuanto más concierne a una natural clasificación, impide choques, conspira a la armonía, y en nada hace variar la esencia de la cosa. En los templos católicos de los Estados-Unidos de Norteamérica se observa una distribución de clases semejante.

14 "El Estado eclesiástico, y Religiones ha crecido de algunos años a esta parte en número de personas, fundaciones de Iglesias y Monas-

39. Los empleados de rentas cuidarán de recoger por inventario todos los efectos de Iglesias, Conventos, Cofradías &c. Se harán cargo de sus bienes y rentas, y tomarán cuenta exacta a los administradores, sindicos, y personeros. Harán también que se convoque a los vecinos de las islas de Nueva Providencia, y Jamaica, y a los de Vera-Cruz, y Norte-América, con designación de término, para que concurran, si quieren, a comprar haciendas, o bienes de los Monasterios, Conventos, e Iglesias, con rebaja de su precio, sin perjuicio de los habitadores de la Isla, y con preferencia siempre del contado a los plazos, aunque se afiancen.

40. El Tesoro público proveerá lo necesario a la Fabrica de las Iglesias, y los efectos de éstas que excedan la moderación del Culto se adjudicarán a aquel.

41. En los Curatos se procurará colocar preferentemente a los Sacerdotes beneméritos, que no tuvieran Capellanías o

terios, capellanías y dotaciones de obras pías, posesiones de bienes raíces, juro y rentas, de manera que en gente es muy numeroso, respecto al Estado seglar, que en los mismos años se ha disminuido; y en substancia de hacienda tienen la mejor parte del Reino.
Y al paso que lleva por mandas y fundaciones de obras pías, que tanto se usan, y por meterse en las Religiones los hijos, e hijas de hombres ricos, y llevar sus legitimas, y no se le pone limite, regulando cuarenta años venideros por otros tantos pasados en ellos, vendrán a ser bienes eclesiásticos, y se convertirán en espirituales los raíces, que pueden ser de provecho, y los juros y rentas, que no estuvieren incorporados en mayorazgos, con que jamas saldrán de este estado.
Y puesta en el, y en los mayorazgos la hacienda y substancia del Reino, se estrechara y disminuirá el pueblo, nervio y principal alimento de la República; de suerte que se dificultara mucho su reparo, y muchos hombres, con el aprieto de la necesidad, por no tener haciendas propias en que vivir, y sustentarse, dejan sus tierras y naturalezas; lo que no harían si las tuviesen, que el amor de ellas los detendría en su crianza y labranza con beneficio general del Reino". Discurso hecho por don Diego Arredondo Agüero a principios del reinado de Felipe IV sobre restablecimiento de la Monarquía Española.

Patrimonios, y que por consiguiente no deben percibir capital en la extinción de amortizaciones.

Lo mismo se practicará a su vez respecto de los Sacerdotes queden sin ejercicio, y entretanto el Obispo no podrá hacer órdenes.[15]

42. En el ejercicio del Culto se observará para lo sucesivo la mayor dignidad, no admitiéndose otros actos, ceremonias, o signos que los aprobados por la Iglesia Universal. Siendo el pais tolerante, el Viático, y la Extremaunción se llevarán en secreto para evitarse irreverencias. Los días festivos se reducirán, o trasladarán a los Domingos, a fin de desterrarse la holgazanería y alentarse la actividad en un pais que para ser feliz debe ser esencialmente laborioso.[16]

43. Los Curas dirán Misa los Domingos en los Templos, Cárceles, Hospitales, y Castillos, predicarán el Evangelio, administrarán los Sacramentos, consolarán a los moribundos, y reos de últimos suplicio; y así ellos como los demás Eclesiásticos darán el ejemplo de todas las virtudes. Bajo de ningún título o denominación podrán admitir ni cobrar emolumentos, sino es por los funerales en razón de pompa.

44. La Potestad Eclesiástica se reducirá a lo espiritual, a lo económico del Culto, y a la disciplina.[17] Los Eclesiásticos fue-

---

15 Constantino prohibió ordenar mientras hubiese algún clérigo de número establecido. L. 6, Cod. Teod. de Ep. Et. Cler. lib. 16.

16 Véase la *Empresa 71*, de Saavedra, el discurso I. tom. 6 del *Teatro Crítico*, del Padre Feijoo, y la Nota 2 del discurso sobre el *Fomento de la Industria Popular.*

17 El Conde de Florida-blanca en *Papel Fiscal sobre el Expediente de Cuenta*, advierte que la Iglesia en los tres primeros siglos no era menos fuerte, ni menos poderosa respecto del genero de potestad que pertenece naturalmente a la jurisdicción espiritual, que lo ha sido y es después que la protección de los Emperadores, y Príncipes Cristianos la han proporcionado un auxilio extraño.

ra de estos puntos serán comprendidos en las Leyes comunes a todos los Ciudadanos.[18]

El Obispo procederá a la celebración de una Sínodo que se conforme al nuevo Gobierno, la que pasará al Consejo para su adopción, o repulsa.

Al mismo Obispo pertenece el nombramiento de Vicario General, y a uno u otro el de Curas, Vicarios foráneos, &c. El Obispo podrá mantener un Clérigo Secretario, que le sirva al mismo tiempo de Maestro de ceremonias. El Vicario general puede mantener también otro Secretario Clérigo.

45. El Obispo será electo, según los antiguos cánones, por el Clero de la isla. El número de electores se determinará en la Sínodo. Hecha así la elección, y aceptando el electo pasará a ser consagrado por el Obispo más cercano, sin aguardar confirmación Pontificia por el perjuicio que puede seguirse a su Silla en la demora, atento a la distancia, y a las fluctuaciones a que ha quedado expuesta la residencia del Papa después de su separación de Roma.[19]

18 En aquellos días preciosos del fervor del Cristianismo (dice el licenciado Covarrubias en el discurso sobre la Real Jurisdicción) no se halla que ningún autor haya puesto, ni pensado poner en duda la potestad de los Emperadores sobre las personas consagradas a Dios. Los Clérigos, los Obispos, el mismo Papa comparecían en los Tribunales Seculares; se quejaban algunas veces de la violencia de las persecuciones; acusaban a los mismos Emperadores de injusticia; pero nunca hablaron una palabra de la incompetencia de los Tribunales Seculares; y al mismo tiempo que gritaban contra la iniquidad de las sentencias, reconocían la potestad de los Jueces que las pronunciaban.

19 En los principios de la Iglesia la elección de Obispo no necesito confirmación, como se ve de la de San Matías, que hecha por todos los fieles, le consagraron los Apóstoles. Posteriormente, no era subsistente mientras no la confirmaba el Metropolitano, y la de este, el Concilio Provincial, cuyos derechos se arrogaron después los Sumos Pontífices, como dice el Colegio de Abogados de Madrid en el dictamen sobre las Conclusiones de Valladolid. Así es que la elección, confir-

46. El Obispo visitará la isla cada tres años para administrar el Sacramento de la Confirmación, inspeccionar el Clero, y cuidar del Culto, y la disciplina.

47. Habrá para toda la isla un Maestro de Ciencias Eclesiásticas, y un Maestro de órgano y canto-llano, a fin de instruirse en estos conocimientos los que se dediquen a la carrera de la Iglesia. Si existen Clérigos aptos para el desempeño de ambos Ministerios serán preferidos a los legos.

Título. VIII. Disposiciones relativas a los funcionarios públicos, e individuos del culto

48. Los Consejeros deberán renovarse en el intervalo de seis años, y durante él llevará cada uno a su vez la Presidencia, empezando el mayor de edad, y siguiendo este orden sucesivamente, aun en el caso de suplemento; pero con reemplazamiento respecto del que entrare de nuevo.

Lo mismo se observará respecto de los Jueces Supremos; pero estos, los Ministerios, y los Jueces inferiores, cuyo período será también el de seis años, serán reelegibles indefinidamente, sin perjuicio de la residencia a que se contrae el artículo 54.

49. Los Miembros del Poder Militar, e individuos de Ejército, Marina y Rentas serán permanentes, salvo los casos de delito, o incapacidad.

Durante este examen serán reemplazados provisionalmente por sus subalternos inmediatos, o por quienes nombre el consejo, si diere tiempo el procedimiento. Se exceptúan los Miembros del Poder Militar, que deben ser juzgados por el

---

mación, y establecimiento en posesión son unos actos, cuya forma fue derivada del Derecho de Gentes, y si solo se atiende a su primer origen se puede decir que son de Derecho Humano: la Consagración toda es de Derecho Divino. Berardi, *Instituciones de Derecho Eclesiástico*, tit. 5, part. 2.

mismo Consejo según los artículos 6, y 52. Los demás serán procesados instructivamente por los Jueces criminales, dándose cuenta al Poder que corresponda.

50. Los Consejeros, y Suplentes serán reelegibles; pero para una tercera elección, deberá pasar el intervalo de seis años, o de una renovación.

51. Los Consejeros, y los Suplentes que hayan ejercido funciones no serán elegibles para otras que sean supremas.

52. Los Consejeros serán inviolables, lo mismo que los Ministros, y Jueces Supremos, excepto en los casos de traición, felonía, y perturbación pública. Por traición solo se entenderá hacer la guerra a la Patria, o asociarse a sus enemigos.[20] Siendo permanentes los Miembros del Poder Militar de Ejército, y Marina, el Obispo, y el Vicario general, serán juzgados por el Consejo en estos, y en los demás casos del artículo 54.

53. Se procederá por evidencia de hecho, o informes verídicos admitidos después del examen del Consejo a mayoridad de votos, quien nombrará entonces un Miembro que instruya el hecho, para cuya comprobación se necesitarán a lo menos cuatro testigos contextes de buena reputación, documentos irrefragables, o razones concluyentes.

El prevenido, si fuere Consejero, será reemplazado por su Suplente, lo mismo que los que fueran recusados con causa grave y manifiesta.

Las sentencias del Consejo serán irrevocables.

54. Todos los Empleados, excepto los Consejeros, serán residenciados sin recurso sobre el ejercicio de sus funciones dentro de sesenta días perentorios, y siguientes a la expiración. El Consejero residenciará a los Miembros de los Pode-

---

20 Conviene con la Constitución de los Estados-Unidos de Norteamérica.

res Ejecutivo, y Judicial, y el Tribunal Supremo a los demás. Los que gozan de inviolabilidad serán juzgados por el mismo Consejo sobre los delitos personales cometidos en el intervalo de sus funciones. Los Jueces inferiores, que durante él delincan gravemente, serán procesados por los criminales, y estos por Abogados, que sustituirán a unos y otros.

55. Los Miembros del Poder Ejecutivo que no cumplieren las providencias del Consejo, y los del Poder Militar que no auxilian la de los Poderes Ejecutivo y Judicial, y las de los otros Empleados que reclamen por el conducto de estos, serán juzgados hasta ser depuestos, y penados según los casos. Lo mismo se observará con los subalternos de unos y otros Poderes respectivamente.

56. El Consejo se juntará tres veces cada semana, y en los negocios de consideración siempre que se necesite y a cualquiera hora, tocando la convocatoria al Presidente. Sus sesiones serán públicas cuando haya discusiones o debates, las deliberaciones se sancionarán a mayoría de votos, y no podrán anularse o sujetarse a nuevo examen sin el consentimiento unánime del Consejo, o a representación de los Empleados a quienes toque el cumplimiento bajo el apoyo del Ministerio, en los términos prevenidos en el artículo 8. Las Autoridades Supremas podrán proponer al mismo Consejo proyectos de leyes y de reformas, y hacer mociones saludables.

57. Los demás funcionarios despacharán diariamente desde la nueve de la mañana hasta las tres de la tarde, excepto los Domingos.

En los Cuerpos colegiados siempre tendrá lugar la mayoridad de sufragios, y la subsistencia de lo sancionado según ella.

58. El Consejo, el Ministerio, y el Tribunal Supremo tendrán Palacios con escolta. El Estado Mayor se congregará en la Posada del General; el Colector, Tesorero, y Administrador principales ocuparán las Oficinas públicas; y los demás Empleados despacharán en los lugares destinados o en sus casas, no habiéndolos.

59. El Consejo, y cada Ministro tendrán Secretarios con el número preciso de escribientes, lo mismo que el Tribunal Supremo, siendo su Secretario Relator al mismo tiempo. El Estado Mayor, y Comandante de Marina escogerán Oficiales de confianza para Secretarios, y el Colector, Tesorero, y Administrador tendrán dependientes para el despacho.

Los sueldos se designarán por el Consejo.

60. Cada Juez inferior tendrá escribiente a su responsabilidad para la extensión de las actas, que autorizarán el mismo Juez, las partes, testigos, peritos, y demás que intervengan en ellas. Cuando alguno no supiere leer, o escribir, leerá, y firmará por el otro de su confianza, o el Juez y el Abogado, si lo tuviere.

61. Todos los procesos serán verbales, y no se escribirá sino la solicitud, demanda, o deducción de acción, contestación, oposición de excepciones, pruebas, y demás esencial al juicio. Las alegaciones serán también verbales: las harán las partes si fueren capaces, y si no los Abogados, que serán al mismo tiempo Procuradores con poder bastante.

Si una de las partes quisiere dar informes por escrito, no alegará entonces verbalmente, ni habrá traslado de ellos, y la otra parte podrá hacer lo mismo, o solo hablar en estrados. Estando los testigos o documentos fuera del lugar del juicio, se concederá un término proporcionado; y se darán requisitorias; pero en estando dentro del lugar, no podrán durar los juicios civiles en primer grado, y los criminales, aunque se susciten articulaciones, más de dos meses.

62. Todos los Jueces serán recusables sin necesidad de expresar causas, bastando el juramento de no hacerse de malicia. Los inferiores en La Habana pasarán el conocimiento al compañero. Recusados ambos, y en los demás Lugares, los Abogados sustanciarán y determinarán en primer grado las causas civiles a costa de los recusantes, si la recusación no es motivada, pues siéndolo por impedimento del recusado las partes pagarán el sustituto con igualdad. En las criminales los Abogados mismos instituirán los hechos, y formarán las listas para el sorteo del *jury*, cuyas costas serán a cargo de los reos, no resultando inculpables absolutamente.

63. Las recusaciones respecto de los Jueces Supremos no excederán de tres, ni tendrán lugar sino en causas muy graves, cuyo artículo será perjudicial, y sobre él decidirán los Jueces no recusados antes de admitir, o no las recusaciones. Teniendo lugar la recusación se nombrarán Abogados que subroguen a los recusados, y se determinará la segunda instancia, o demanda en casación, oídos verbalmente, o por escrito los agravios y su contestación, guardándose conformidad al plan establecido en los artículo anteriores. La dilación de este juicio no pasará tampoco de dos meses.

64. En las causas criminales interrogado el prevenido, e instruido suficientemente el hecho, formará el Juez una lista de veinte y cinco vecinos imparciales, de treinta años de edad, exentos de crímenes, y que sean de buena fama, y sana razón. La hará leer el mismo prevenido para que se conforme con ellos, o tache a los que le parezca, sustituyéndose otros que no le sean sospechosos, y en su presencia se sacarán por suerte seis, quienes previo juramento de fidelidad, examen de lo actuado, y audiencia del prevenido o de su Abogado

decidirán a mayoridad de votos, si tiene o no lugar el procedimiento. En el primer caso continuará el Juez ampliándolo, y admitiendo las defensas legales que deduzca el prevenido, y ya en estado de sentencia formará en el mismo orden otra lista de veinte y cinco vecinos diferentes, quienes determinarán irrevocablemente, salvo el recurso de casación ante el Tribunal Supremo.

En el segundo caso el prevenido será restituido a libertad inmediatamente, y en ambos será siempre absuelto, si resultaren iguales los votos.

65. Las costas de los procesos se reducirán a los derechos de Abogados, peritos, escrito, y papel, y al emolumento del Notario de procesos, y se regularán a proporción del interés, o valor de lo que se dispute, al tiempo que se invierta, o al mérito del trabajo.

66. En los delitos públicos los Jueces criminales procederán de oficio por evidencia de hecho, o informes verídicos, no por delaciones, o débiles principios. Se exceptúa el caso de conspiración contra el Estado. Procederán también por acusación, a responsabilidad del acusador, si no probare, o resultare calumniosa su querella.

67. En los negocios civiles los individuos de la guardia cívica, y los de milicias serán juzgados como los demás ciudadanos por los Jueces civiles. En los criminales los de dicha guardia, y milicias cuando fueren empleados serán juzgados militarmente en cosas leves, o económicas por sus Coroneles, o Comandantes, y en cosas graves por el Estado Mayor conforme al Reglamento. Fuera de este caso los de milicias serán juzgados por los Jueces criminales como los demás Ciudadanos.

68. En las ocurrencias marítimas en alta mar, costas, y puertos, en las arríbidas, presas, represalias, &c. conocerán

los individuos de Marina con consulta de Asesor, yendo los recursos al Tribunal Supremo.

En lo civil y criminal respecto de los mismos individuos se observará lo dispuesto en el artículo anterior, conociendo el Comandante de los delitos graves según su reglamento, a quien se remitirá el proceso habiéndose evacuado fuera de La Habana la instrucción del hecho; y el Comisario, y Oficiales en los puntos de su comisión y destinos corregirán las faltas, y excesos leves.

69. Edificios cómodos, ventilados, y limpios servirán de cárceles en cada lugar de la isla, con separación de clases y sexos, y aun de los detenidos entre sí. Si no se ocupan en la lectura, escritura, y meditación, se les precisará a que trabajen estando sanos; y las obras de los que no tuvieren de que subsistir se venderán para que el producto ayude a la asistencia, que será siempre buena, tanto en comida y bebida, como en camas, medicina, &c. Los que no supieren un menester servirán a los enfermos, y serán empleados en las atenciones interiores de la cárcel.

Suponiéndose la seguridad necesaria quedarán prohibidas las cadenas, grillos, calabozos, y demás privaciones degradantes y aflictivas, siendo responsables los carceleros y guardia de las vejaciones, privaciones arbitrarias, y cualesquiera otros excesos que se cometan contra los detenidos.

70. Habrá también en cada lugar de la isla, con igual orden y asistencia, hospitales de hombres y mujeres para los enfermos e inválidos pobres de todos clases, y casas de expósitos.

71. Se harán cementerios generales donde no los haya: se establecerán en todas partes colegios o escuelas locales para ambos sexos: y ademas en La Habana y Santiago de Cuba institutos o escuelas centrales.

72. Se destinarán en todos los Lugares edificios para cuarteles, donde se fije la guardia cívica, y donde se reúnan los cuerpos de milicias, según sus clases, en las ocasiones urgentes y para los actos militares.

73. Las Comisarías para la provisión de Ejército, Marina, y Establecimiento públicos, así como su economía serán del resorte de los individuos de Rentas, bajo cuya dirección estarán también los correos terrestres, y los marítimos bajo la dirección de los individuos de Marina.

74. La Habana será la Capital de la isla. En ella residirán el Consejo, Ministerio, Estado militar, Tribunal Supremo, Comandante de Marina, Colector, Tesorero y Administrador principales, Obispo, y Vicario general; pero en caso de invasión o ataque, publicada la ley marcial, se encargará provisionalmente el Estado militar del gobierno de La Habana, y el Consejo y Ministerio pasarán su residencia con la escolta necesaria al Lugar que crean más seguro, desde donde comunicarán las órdenes convenientes al referido Estado, y éste pasará allí los avisos oportunos. Lo mismo harán el Obispo, y Tribunal Supremo.

En las demás poblaciones gobernarán los Comandantes militares en iguales circunstancias.

75. En caso de conspiración contra el Estado se suspenderán provisionalmente la Constitución y las leyes, y se tomarán las providencias que exija la seguridad pública.[21]

76. El luxo suntuario, el ocio, la mendicidad, y demás vicios serán reprimidos por las leyes, y por los Magistrados, a cuyo cargo estará promover la amelioracion de costumbres, y el fomento de las virtudes.

---

21 Conviene con la Constitución francesa del año 8.

Se cuidará mucho de la educación de los hijos, y de la conducta de los padres, así como de la conducta de los esclavos, y de los señores.

Con tal objeto los Jueces rurales, y de Policía harán visitas domiciliarias, examinarán ademas el destino y facultades de cada individuo, y dispondrán cuanto conduzca a mantener la moral y el orden con arreglo a los principios de una economía ilustrada.

77. El traje de los Consejeros será casaca y calzón de terciopelo verde con bordados de oro, chupa de tela de oro, espada y hebillas de oro: el de los Ministros casaca y calzón de seda morada con bordados de plata, chupa de tela de plata, espada y hebillas de plata: y el de los Jueces Supremos vestidos por entero de raso blanco con bordados de seda de color de acero, espada y hebillas de acero. Los referidos, y el General en Jefe tendrán el tratamiento de Excelencia. Ellos, y el Obispo unos mismos honores, y el sueldo de ocho mil pesos anuales.

78. El resto del Estado mayor militar, individuos de Marina de la guardia cívica, y de milicias tendrán los honores, tratamiento, y sueldos del anterior Gobierno. El vestuario se reducirá a una chupa en la infantería, inclusa la marina y cuerpos facultativos, y a una chaqueta en la caballería de paño azul con vueltas, collarín, y solapa de grana, pantalón del mismo paño azul con vivos también de grana, botas y sombrero negro o gorra, y plumaje o cucarda del tricolor de la bandera, botón, y chárratelas doradas en la infantería, y plateadas en la caballería; distinguiéndose las divisiones en el número y denominación grabados sobre el botón, y en alguna otra marca a los extremos del collarín, y en el doblez de la chupa en la infantería. El armamento, fornitura, y montura corresponderán a la nueva táctica.

79. Los empleados civiles llevarán un bastón con puño de oro, tendrán el tratamiento de Señoría, cuatro mil pesos anuales los de La Habana, y dos mil los de los demás Lugares y Partidos.

80. De los honores, distinciones, y tratamientos de que se hace mención en los artículos precedentes se usará en los actos públicos o de ceremonia, y en el ejercicio de las funciones; pero no en los demás de la vida privada.

81. Los Eclesiásticos fuera del Templo usarán igual traje que el común de ciudadanos. Sin embargo, en los actos públicos podrán llevar los Curas una estola morada o negra debajo de la casaca, y a más de ella el Obispo el pectoral, anillo, y muleta de oro; el Vicario general una caña con puño de oro; y los foráneos un junco con el mismo puño.

El Obispo conservará el tratamiento de Señoría Ilustrísima en los referidos actos: el Vicario general tendrá el sueldo anual de cuatro mil pesos, y el tratamiento de Señoría: los Curas de La Habana, y Maestros de ciencias eclesiásticas, y de órgano y canto llano dos mil pesos: los Acólitos mil: los Curas y Vicarios foráneos de los Lugares, y partidos otros mil: y los Acólitos quinientos.

Título. IX. De la revisión de la Constitución

82. Cuando todos los Poderes combinados juzgaren que hay necesidad de reveer la Constitución, y hacer en ella algunas mutaciones se expedirán órdenes por el Consejo para una convocatoria extraordinaria, a fin de que se nombren seis individuos distintos de sus miembros en los mismos términos que para la elección de estos se ha establecido en el artículo 5. Esta corporación, previo juramento de fidelidad, procederá al desempeño de tan importante objeto, oídas las razones de los mismos Poderes sobre los puntos de reforma que se

propongan; y evacuada su función quedará disuelta, promulgándose el resultado para la ratificación, que no verificándose dará lugar a una nueva convocación y elección hasta que tenga efecto.

Título. X. Disposiciones generales

83. A los intereses de la isla guardará correspondencia la observancia de los derechos y deberes sociales; a saber, los rigurosos y perfectos que se dirigen inmediatamente a la igualdad, a la libertad, a la propiedad, a la seguridad, y se contienen implícitamente en la máxima: abstente de hacer a otro lo que no quieras que se te haga; y los menos rigurosos y perfectos contenidos también implícitamente en la otra máxima: haz a los demás todo el bien que quieras que se te haga.

84. La igualdad será civil o de derecho.[22] Así en el orden político se observará la distinción de clases que queda establecida, llevando los blancos la prelación en cuya posesión se hayan por origen y anterioridad de establecimiento, siguiendo los pardos, y últimamente los morenos.

85. Se entenderán comprendidos en la clase blanca, precediendo matrimonio o sin él, los indios, mestizos, y aquellos que descendiendo siempre de blancos por linea paterna, no interrumpiéndose por la materna el orden progresivo de color, ni interviniendo esclavitud, se hallen ya en la cuarta generación. Para mayor claridad se explica el modo: hijo de blanco y negra libre, mulato: hijo de blanco y mulata libre, cuarterón: hijo de blanco y cuarterona libre, quinterón:

---

22 La igualdad de condiciones será siempre vana sin la igualdad de fortunas; y no pudiendo existir esta en el Estado civil después del establecimiento del derecho de propiedad, para acercarnos al natural cuanto sea dable no queda otro arbitrio que el de atacar la ambición y la avaricia, que producen ambas desigualdades, por leyes sabias y moderadas, según los principios que ha dictado Mably.

hijo de blanco y quinterona libre, blanco. En la clase parda se comprenderán desde mulato inclusive ascendiendo hasta quinterón exclusive; en la morena desde mulato exclusive retrogradando hasta negro.

86. Quedará abolida la ilegitimidad de nacimiento; y no habrá otra diferencia entre los hijos nacidos de matrimonio, y los nacidos fuera de él, que la de preferir aquellos a estos en la sucesión hereditaria,[23] que se fijará, en no pasando de tres hijos, a la percepción o distribución igual de las dos terceras partes de bienes paternos y maternos, quedando padre y madre en libertad de disponer por testamento de la otra tercera parte, como no tengan hijos fuera de matrimonio; pues en tal caso optarán estos por razón de alimentos, si no hubieren sido alimentados en vida, a dicha tercera parte íntegramente, o distribuida con igualdad siendo muchos. Habiendo sido alimentados carecerán de ese derecho; y la prueba de filiación fuera de matrimonio para hacerlo valer será plena, así como la de excepción de prestación anterior de alimentos.

En pasando de tres hijos de matrimonio, no podrán optar los hijos fuera de matrimonio sino a la cuarta parte; y de ella solamente podrán los padres disponer por testamento, en no teniéndolos. Ademas, estarán obligados a cuidar de la educación de los hijos, tanto de los habidos de matrimonio, como de los habidos fuera de él. Habrá reciprocidad en favor de los mismos padres, tanto de matrimonio como fuera de él,

---

23 Dos son las razones principales que alegan los que sostienen la opinión contraria: 1. contener los desórdenes de la poligamia y de la clandestinidad; pero semejante medio, aun cuando fuese eficaz, que la experiencia acredita no serlo, envolvería la injusticia de hacer sufrir a unos hijos inocentes la pena que podrían merecer unos padres culpables: 2. impedir la dilapidación patrimonial en perjuicio de hijos procreados bajo una unión tierna y social; pero este inconveniente se salva con la preferencia de sucesión que establezco.

respecto de los hijos, guardándose la proporción y reglas que según los principios que acaban de establecerse desenvuelvan las leyes.

87. Hasta los veinte años, a que se fijará la edad mayor en los hombres, y hasta los diez y ocho, a que se fijará en las mujeres, no podrán casarse unos y otros sin licencia de padres, parientes, o curadores.

Tampoco podrán confundirse las clases en los matrimonios, sea cual se fuere la edad; y se celebrarán primero como contratos ante los Jueces civiles, quienes determinarán instructivamente cualquier discusión preliminar, sin cuya habilitación no podrán los Curas elevarlos a Sacramento.

88. A la nobleza hereditaria, títulos, y condecoraciones del anterior Gobierno sucederán los privilegios personales, premios, recompensas, y pensiones a los Empleados públicos, a los que, sea cual se fuere la clase, se distinguieren en beneficio de la Patria, y a su posteridad siendo pobre.[24]

89. La esclavitud, mientras fuere precisa para la agricultura, continuará bajo principios conciliadores de equidad, justicia, y retribuciones.[25] Los esclavos que hicieren servicios

24 Juan Santiago ROUSSEAU observa que habiendo una gran distancia entre el monarca y el pueblo, para formar la trabazón de que carece entonces el Estado, es necesario poner rangos intermediarios, a saber, Príncipes, Grandes y una numerosa nobleza, nada de lo cual conviene a un Estado pequeño, a quien arruinan semejantes grados. Contr. soc. lib. 3. cap. 6.

25 Las producciones agrícolas son la que hacen la riqueza de la América, especialmente en las islas. Sin brazos no puede haberlas, y es constante que los blancos no bastan, no son tan a propósito como los negros, ni se dedican al trabajo sino dispendiosamente, de manera que aboliéndose la esclavitud, no solo serian perjudicados los propietarios, sino el Estado mismo con la falta de este manantial de prosperidad pública, y con la afluencia de unos individuos cuya mayor parte desertaría de su destino y se entregaría a los vicios al verse sin superioridad económica. Si se examina con detención la materia hay más

importantes a sus señores o al público adquirirán la libertad por ministerio de la ley; y los que no fueren dignos del derecho de ciudadanos no podrán redimirse por dinero, ni por consentimiento de los mismos señores. Los Jueces civiles decidirán sobre este punto con conocimiento de causa.

90. Las opiniones serán libres lo mismo que la prensa, con tal que no se ofenda al doma y la moral, al sistema de Gobierno, ni a los ciudadanos en particular.

91. A más de las capellanías se extinguirán los mayorazgos, vínculos, patronatos, obras pías, y los censos cuya imposición pase de diez años. Los bienes amortizados se dividirán en pleno dominio entre el fisco y los poseedores actuales; y respecto de los censos en general se observará lo que en razón de dichas capellanías se dispuso en el artículo 38; de manera que por este medio los interesados pueden lucrar de una vez más que con el solo goce del usufructo, o lentas y pequeñas pensiones. Solo se permitirá la imposición de censos o tributos en los terrenos yermos por la mitad de su valor para cultivarse, y los réditos a un 5 % con el capital han de redimirse dentro de los diez años prefijados, contándose

---

de aparente o exagerado, que de real y positivo. Comparase la suerte de los salvajes de África en sus países según las relaciones de los mejores viajeros con la que les cabe en nuestras posesiones, y prescindiendo de uno u otro caso particular se conocerá que siempre es preferible esta a aquella. No hablo de los esclavos criollos, por que estos son tratados con tanta blandura que a veces degenera en laxitud, a pesar de la energía que debe emplearse incesantemente para que no resulte en daño del Estado lo que contribuye a su fortuna. Sin necesidad de citar a los Griegos ni a los Romanos, nuestros hermanos del Norte tienen un millón o más de esclavos, y no por eso dejan de ser Republicanos. En fin véase al Padre Valverde en los capítulos 20, 21, y 22 de su obra "Idea del valor de la isla Española", que hablo por calculo y experiencia.

desde que los terrenos se hallen en producción. Acerca de los vacantes téngase presente el artículo 30.

Los que no pudieren proporcionar las redenciones estarán obligados a vender las fincas a quienes las faciliten, percibiendo el exceso que resulte a su favor.

92. Los dueños de extensiones territoriales deberán escoger dentro de seis meses las áreas que precisamente necesiten para labranzas, crías, y otras haciendas, cuyo fomento emprenderán dentro de los mismos seis meses, y vender el sobrante o repartirlo a censo y tributo en los términos referidos en el artículo anterior. Respecto de los Compradores o colonos se entenderá lo mismo. Los establecimientos se deslindarán y amojonarán distintamente para evitarse dudas sobre términos, sin perjuicio no obstante de las comunidades.

93. Los extranjeros que hubieren adquirido bienes raíces en la isla, y hubieren sido desposeídos de ellos, los reasumirán dentro de un año; y no haciéndolo, quedarán a favor del Tesoro Público.

94. Los que quieran establecerse en la isla, sean del pais que fueren, luego que se arraiguen o dediquen a un destino útil, y presten juramento de sumisión a la constitución y leyes serán naturalizados, y gozarán el derecho de ciudadanos. Este no se perderá sino por muerte natural o civil, y se suspenderá por causa de incapacidad física o moral. La edad de la majoridad será en la que se fije su ejercicio.

95. Cualquiera tendrá derecho de dirigir peticiones individuales a toda autoridad constituida.[26]

96. Ningún ciudadano podrá ser preso sin que aparezca antes por presunciones fuertes haber cometido un delito que merezca pena aflictiva, o que haya sido-condenado jurídicamente a este castigo.

26 Conviene con la Constitución francesa del año 8.

En las causas civiles se relajarán las prisiones o arrestos inmediatamente que se den fianzas, o se presten arbitrios que concilien la libertad y la responsabilidad.

97. La gravedad o levedad de las penas guardarán correspondencia con la gravedad o levedad de los delitos; y la gravedad o levedad de estos serán relativas al mayor o menor perjuicio causado a la sociedad o a los particulares, a las circunstancias del hecho y del delincuente, a las causas generales impulsivas, y al fin que se proponga la ley. Las pruebas serán tanto más plenas cuanto más graves fueren los delitos.

98. Quedarán abolidas las penas crueles e ignominiosas, sin que deje de imponerse la de infamia en las acciones aleves y rastreras, que subsistirá hasta rehabilitación a vuelta de una amelioracion de conducta, y que nunca será trascendental a la posterioridad o familia.

Las ejecuciones serán siempre públicas, y no podrán hacerse sin una sentencia definitiva, previo un juicio en toda forma. Las confiscaciones no tendrán lugar sino en caso de indemnización; y entonces solamente podrán hacerse secuestros precautorios al aprehenderse al prevenido.

No podrán visitarse casas, extraerse de ellas persona alguna, ni registrarse interioridades, o cofres sino de día, y en virtud de decreto jurídico que lo especifique para el convencimiento de un crimen graves de que haya probabilidad. Se exceptúan las visitas marítimas para evitarse la extracción de numerario, y las domiciliarias que previene el artículo 76; sin embargo de que deberán hacerse también de día. En ningún caso podrán interceptarse a abrirse cartas o papeles particulares, ni harán fe en juicio, a menos que se exhiban por aquel a quien pertenezcan.[27]

27 Conviene con la Constitución de los Estados-Unidos de Venezuela.

99. El territorio de la isla será inviolable. Se procurará que éste en paz con todo el mundo, y que no declare guerra sino a los que invadan o molesten su bandera, costas y puertos. Cuando fuere reconocido su Gobierno constituirá Cónsules y Embajadores, y mantendrá los demás relaciones exteriores que la convengan. Por ahora solo deberá ocuparse de su prosperidad y engrandecimiento, destruyendo los desórdenes del anterior Gobierno, reorganizando con sencillez y firmeza los ramos públicos, y promoviendo el fomento de los útiles liberalmente.

Así, pues, la agricultura, comercio, y artes quedarán sin trabas, restricciones, ni reglamentos taxativos que no arguyen sino opresión y miseria, y los que se dediquen a estas profesiones no tendrán otras leyes que las de todos los ciudadanos.

100. La bandera nacional será tricolor horizontal, verde, morado, y blanco, combinación que no se sabe haya sido tomada todavía por otra nación. El sello de Estado podrá reducirse a un pequeño óvalo con el emblema de la América en general bajo la figura india, y él de la isla en particular, bajo la de la planta de tabaco; porque aunque se dé en otras partes en ninguna es de tan excelente calidad. Alrededor habrá la inscripción: isla de Cuba independiente. El estandarte será la bandera misma con el sello del Estado en grande, en el centro.

En fin, la Constitución, los Códigos civil y penal, la Sínodo diocesana, y los Reglamentos para la disciplina del Ejército y Marina, y para el manejo de las Rentas públicas; ratificado todo por los Pueblos representados legítimamente completarán el sistema administrativo de la isla de Cuba.

Advertencia

Mis ideas sobre algunos puntos habrían sido más filosóficas que políticas, sí la emancipación de la América hubiera llegado ya al tiempo de una mudanza de circunstancias y de opiniones, sobre todo en mi país. Tendré la mayor complacencia en poder ratificarlas; y entretanto sirva esta sincera exposición de salvaguardia contra cualquier juicio temerario.

En la imprenta de Juan Baillío

Libros a la carta

A la carta es un servicio especializado para
empresas,
librerías,
bibliotecas,
editoriales
y centros de enseñanza;
y permite confeccionar libros que, por su formato y con-
cepción, sirven a los propósitos más específicos de estas instituciones.

Las empresas nos encargan ediciones personalizadas para
marketing editorial o para regalos institucionales. Y los interesados solicitan, a título personal, ediciones antiguas, o
no disponibles en el mercado; y las acompañan con notas y
comentarios críticos.

Las ediciones tienen como apoyo un libro de estilo con
todo tipo de referencias sobre los criterios de tratamiento ti-
pográfico aplicados a nuestros libros que puede ser consulta-
do en Linkgua-ediciones.com.

Linkgua edita por encargo diferentes versiones de una
misma obra con distintos tratamientos ortotipográficos (ac-
tualizaciones de carácter divulgativo de un clásico, o versiones estrictamente fieles a la edición original de referencia).

Este servicio de ediciones a la carta le permitirá, si usted
se dedica a la enseñanza, tener una forma de hacer pública
su interpretación de un texto y, sobre una versión digitaliza-
da «base», usted podrá introducir interpretaciones del texto
fuente. Es un tópico que los profesores denuncien en clase
los desmanes de una edición, o vayan comentando errores de
interpretación de un texto y esta es una solución útil a esa
necesidad del mundo académico.

Asimismo publicamos de manera sistemática, en un mismo catálogo, tesis doctorales y actas de congresos académicos, que son distribuidas a través de nuestra Web.

El servicio de «libros a la carta» funciona de dos formas.

1. Tenemos un fondo de libros digitalizados que usted puede personalizar en tiradas de al menos cinco ejemplares. Estas personalizaciones pueden ser de todo tipo: añadir notas de clase para uso de un grupo de estudiantes, introducir logos corporativos para uso con fines de marketing empresarial, etc. etc.

2. Buscamos libros descatalogados de otras editoriales y los reeditamos en tiradas cortas a petición de un cliente.

Printed in Poland
by Amazon Fulfillment
Poland Sp. z o.o., Wrocław

69305516R00035